서른 세살 전역을
결심했다

서른 세살, 전역하기로 결심했다!

발 행 | 2023년 1월 11일
저 자 | zik. zin.
펴낸이 | 한건희
펴낸곳 | 주식회사 부크크
출판사등록 | 2014.07.15.(제2014-16호)
주 소 | 서울특별시 금천구 가산디지털1로 119 SK트윈타워 A동 305호
전 화 | 1670-8316
이메일 | wdc789@naver.com

ISBN | 979-11-410-1120-8

www.bookk.co.kr

서른세살

전역을 결심했다

zik. zin. 지음

CONTENT

머리말

이 책은 학창시절에 **"군인"**이라는 꿈을 가지고

포병 장교로 임관하여 10년 이상 군 복무를 하며

느낀 경험을 바탕으로 기록한 책입니다.

지금 이 순간

직업으로 군인을 준비하거나 또는 전국 각지에서 복무중인

선·후배 그리고 동기들이 이 책을 한 번쯤 읽어보고

본인의 삶의 방향성과 가치에 대해 한번 더

생각해 보고 더 나은 결정, 더 큰 목표를 이루는 삶

을 기대하며 이 책을 바칩니다.

앞서 학창시절 우리는 큰 꿈과 희망을 가지고 삶을 시작했을 것이다. 초등학교부터 대학원까지 공부 잘 해서 좋은데 취직해서 돈 많이 벌어라 라는 말을 들으면서 말이다.

그 시간이 지나고 나니 지금 이 순간 모두가 해당 되지는 않지만 대부분의 사람들이 회사에 취직, 또는 우리나라에서 그토록 인식이 좋은 공무원으로 살아가면서 현재에 "만족해" 하며 동일 시 하는 말

관둘까? 사람 사는거 다 똑같아. 버텨 그냥
나 이거 해볼까? 그거 해서 뭐하냐. 그냥 참고 살아.
직업군인들 같은 경우는 사회는 지옥이야.

이렇게 합리화를 하면서 하루를 보내고 있다.
하지만 우리가 정말 심도 있게 생각해 볼 문제가
하나 있다.
시작하기 하기 전에 질문을 여러 개 던져 볼 테니
한 번 속으로 답해줬으면 좋겠다.

아 오늘 또 출근이네, 언제 퇴근하지?

아 오늘 또 야근이네, 언제 퇴근하지?

아 내일 또 출근이네, 언제 퇴근하지?

아 주말인데 또 출근이네, 언제 퇴근하지?

그리고

아 내가 이걸 지금 왜 하고 있지?

혹시 이런 생각이 드는 하루로 시작하고 하루를 끝내고 있는 분들이라면 한번 쯤 이 책을 끝까지 읽었으면 한다. 꼭!

삶을 바라보는 자세가 많이 변하는 시작점이 될 거라고 자신한다. 그리고 이 책을 쓰는 저자도 마찬가지였다. 그 변화되는 과정을 담은 책이니 우리 같이 내일이 기대가 되는 삶을 한번 만들어 보자.

자.

시작해보자.

제1화 "꿈"

학창시절 공부를 좋아하는 학생은 아마 없을 것이다.
있을 수도 있고? 공부하는 걸 좋아했나?

하하. 나 역시 부모님께서 공부하라고 하면 울고 도망
다니고 했던 모습이 지금도 생생히 기억이 날 뿐만
아니라 지금 이 순간도 공부는 싫다.

날 아는 모든 지인은 아마 고개를 끄덕끄덕 할거라
생각한다.

초, 중, 고등학교 학원은 기본, 시험 기간이 되면
도서관에 매일 출석했다. 물론 공부가 목적은 아니었다.
남들이 다니니까 간 거 같기도 하고 집에는 가기 싫고
친구들과 놀기 위해서 어울리기 위해서였던 거 같다.

시험결과가 나오고 성적표를 받아드는 순간이 참 싫었다.
한 반에 40~45명 있었는데 등수론 34등 내신으론
7~8등급이다.
생각해 보면 정말 공부를 안 했던 거 같다.

그렇게 선택지 없이 나는 공고에 진학했고
질풍노도의 기운을 받아 졸업할 무렵 대학을 안 가겠
다고 부모님께 선전포고했다.

사실상 지금 객관적으로 보면 대학을 안 가는게 아니
라 갈 수 있는 대학이 "없었다" 라는게 지금 보여지는
현실이다.

그래서 학창시절에 철이없다 라는 말을 참 많이 들으
며 컸던 거 같다. 공부는 싫어했지만 운동하는 걸 좋
아해서 5살 때부터 태권도 체육관을 쭉 다니고 고등
학생 때부터는 합기도 체육관 사범을 하며 어린아이
들을 가르치며 자연스럽게 나의 꿈? 목표? 는 체육관
을 차려 관장이 되는게 당시 19살의 내 "꿈"이였다.

그래서 나는 20살이 되던 해 정말 대학에 가지 않았다.

마찬가지로 지금 생각해 보면 갈 대학도 없었다.
"20살" 우리나라에서 성인이 되고 앞으로의 삶을 직접
선택해서 책임을 지는 나이가 시작되었다.

대학 입학, 재수, 취직, 군, 입대 등 서로 다른 길이
시작된 것이다. 어린이집, 유치원, 초 · 중 · 고등학교
약 15년 각 개인차는 있겠지만 우리는 이 긴 시간 동
안 우리나라에서 암묵적으로 정해놓은 정답의 길!

학생이라는 울타리에 갇혀 있다가 사회생활 즉, 변화
의 시작점이 온 것이다.

90%의 친구들이 대학에 진학하는 것을 보고 대학에
가지 않은 선택을 한 나는 위에서 언급한 암묵적으로
정해놓은 길을 이탈한 상태였고 그렇게 공부를 싫어
했던 나는 불안과 후회 그리고 재수를 해서 대학에
가야겠다. 라는 생각이 바로 들었다.

공부는 못했고, 그나마 잘할 수 있는 것은 운동이라고 판단한 나는 체대 입시를 시작했다.

재수를 하는 상황에도 정확한 정보를 모르고 알려고 노력도 안 했던거 같다. 20살 11월 수능을 치루고 내가 본 성적표의 숫자는 행운의 7, 7, 7, 7, 7, 7 이였다. (8도 있었다. 그게 중요한 건 아니니까)

체대입시라는게 운동만 실기 점수만 좋으면 갈 수 있는 줄 알았다. 그렇게 무지했던 것 이다. 다들 알겠지만 체대는 기본적으로 대학별 수능 컷트라인을 바탕으로 하기 때문이다.

응시했던 용인대, 숭실대, 명지전문대 실기는 거의 뭐 완벽했다. 숭실대에서 실기를 보고 난 뒤 같은 조에서 응시했던 친구와 이야기를 하다가 몇 등급이냐고 묻는 말에 7등급인데? 라고 대답했다가 웃으면서 나에게 왜 왔냐? 라는 말을 하였다.

그때 정말 많이 부끄러웠다. 결과는 안 봐도 훤했다.

합격이라는 말이 아닌 뭐. 굳이 표현하지 않겠다. 이렇게 나는 또 한번의 대학입시 앞에서 재수와 지방에 있는 전문대학 진학 중 한 가지의 선택을 해야하는 순간이 왔다.

지금의 생각으로는 그 1년이 내 인생에 있어 정말 값진 시간이라고 생각하지만 그 당시 나는 1년을 또 버린다는 생각과 늦어진다는 생각에 지방에 있는 전문대에 들어가 4년제로 편입을 하는 길을 선택했다.

그렇게 21살에 지방에 있는 전문대학 사회체육과로 입학했다.
이 선택은 추후에 언급하겠지만 내가 새로운 꿈으로 설정한 '군인'이 되는 시작점이라고 볼 수 있다.

새로운 사람들을 만나고 친구를 만들고 다른 전공 친구들과 대학의 꽃인 M.T를 가서 술도 마시고, 수업이 없으면 또 놀고 그저 행복하고 걱정 없는 1학년 신입생이 하루가 흘러갈 무렵

기숙사에서 친구들과 함께 모여 노트북으로 우연치 않게 미국 드라마 "Band of Brothers"를 본 날이 있었는데 정말 감명 깊게 봤다.

군복을 입은 남자들이 모여 힘들게 훈련을 하고 거수경례하는 모습, 비행기에서 낙하산을 메고 뛰어내리며 총을 쏘고 서로를 지키는 모습은 내 가슴속에 있는 뜨거운 열정을 이끌었다.

그 이후로 나는 군인이 되야겠다 라는 생각을 할 수밖에 없는 환상, 로망이 생겨버린 것이다.

내가 군인에 대한 환상이 생기고 **2가지의 상황**이 일어났다.

1. 대학 명칭이 변경

- 지난 과거지만 부끄럽지 않다면 거짓말이고
  말로 표현하면 안되지만 사실 아직도 숨기고
  싶은 유일한 과거 중 하나이다.
  세상엔 비밀이 없다.
  혹여나 궁금하거나 알고 싶은 독자
  분들은 인터넷에 검색하면 나오는 부분이다.
  자랑스러운 K대학이다.

2. 제복에 대한 로망 /사관학교의 혜택?

- 매년 3~4월이 되면 전국 왠만한 대학에
  육군 3사관학교에서 생도들이 홍보 출장을
  나간다. 제복을 입고 007가방을 들고 눈이
  보이지 않는 정모를 쓴 생도들이 대학에
  등장했을 때 모든 시선은 생도들에게 집중
  되었고 남자 여자 할 거 없이 하나같이 "멋있다"
  라고 하였으며

"Band of Brothers"의 로망을 가지고 있던 나는 무엇인가 홀린 듯이 출장 나온 생도들에게 찾아가서 학교 소개를 받았다.

편입학 사관학교, 학비 지원, 품위 유지비(당시 약 40만원), 졸업 후 소위 임관 등, 안 할 이유가 없는 조건 들이였다.

하지만 위 타이틀에 혜택? 이라고 물음표를 달았는데 이유는 뒷장에서 세상에는 공짜는 없다는 것을 현실적으로 아주 매운 맛으로 비교 분석해 다룰 것이니 기대하고 끝까지 읽어보길 바란다.

위 상황으로 나는 내가 설정한 목표이자 꿈인 장교가 되기 위한 촉진제가 생기고 나의 21살 새로운 꿈인 '군인' 대한민국의 장교가 되는 것으로 설정이 되었다. 이미 학창시절 공부를 안 했던 후회와 재수를 하면서도 이것, 저것 알아보지 않고 무작정 했던 나의 모습은 없어지고 편입을 하기 위해 모집 요강을 보고 필기, 실기 과목들을 어떻게 준비하는지 확인을 했다. 이게 경험을 통한 학습 효과인 거 같다.

나는 그토록 하기 싫어했던 공부를 누가 시키지 않았지만 스스로 하기 시작했다.

매일 아침 새벽 5시에 일어나 달리기를 하고, 학교 수업이 끝나면 새벽 2시 3시까지 공부를 하였으며, 방학기간에는 편입학원을 등록했고 학창시절처럼 노는 시간이 아닌 하루의 8시간 이상을 공부하고 2시간은 운동을 했다.

그렇게 1년 뒤 나는 처음으로 **'합격'**이라는 통지서를 받을 수 있었다. 어찌 보면 성인이 된 후 스스로 가야 할 방향을 정하고 원하는 것에 있어 노력하고 얻은 첫 번째 성취였다.

부모님께서 그렇게 좋아하고 행복해하시는 모습을 성인이 되 서야 처음 본 거 같다.

하긴 생각해 보면 대학을 가지 않겠다고 선전포고를 하고 재수하겠다고 수능 봐서 7등급을 맞았던 모습만 봐도 그럴 수밖에 없고 또한 속을 참 많이 썩인 것 같다.

2011년은 이렇게 지나가고 군인이 될 수 있는 발판이 시작된 해였고, **2012년 1월 11일 충성 연병장**이라는 곳에서 영천의 칼바람을 맞으며 선배 생도님들의 분열 그리고 부모님의 환호 속 그 모습 잊혀지지 않는 순간, 그리고 6주간의 가입교의 시간
민간인에서 군인이 되기 위한 첫 관문이 시작되었다.

머리를 밀고, 주먹은 꽉 쥐며, 걸을 때는 팔꿈치를 핀 상태로 힘차게 흔들고 직각 식사, 직각 이동 등 직각 식사가 뭐지? 라고 하는 분들이 있겠지만 인터넷 또는 유튜브에 검색해보면 많은 영상이 나올테니 참고 바란다.(이건 영상으로 직접 봐야 한다)

학교라는 타이틀이 있었기에 그 누구도 이곳이 군대라고 생각하는 친구들은 없었다.

나 역시도 그렇게 생각했고 많은 친구들이 뭔가 잘못됨을 감지하고 그만두고 퇴교하는 친구들이 있었다.

아니 많았다.

(어찌보면 그들이 승자일지도? 하하 농담이다.)

기초 군사훈련을 받으며 하루 하루 시간이 흘러 6주라는 시간이 지나 정 입교식 직접 분열을 부모님 앞에서 하고 난 뒤 신고합니다! 라고 외친 순간 한없이 커 보이던 아버지께서 눈물을 보이셨다.

어떤 느낌인지 말로 표현할 수는 없지만 모든 군대라는 조직에서 이 과정을 겪은 인원들은 모두가 공감할거라 믿는다.

정식 입교를 하고 2년의 생도 생활이 시작하게 되었다. 음. 정말 한 가지 확실하게 말할 수 있다. 내 인생에 있어 그 2년이 가장 힘들었다. 라는 것을! 에이

학교잖아 라고 받아들이는 분들이 많을 거 라고 생각한다. 그렇게 생각한다고 해서 나의 힘듦을 남에게 이해시키고 인정받을 필요는 없다.

그만큼 부질없는 행동이 또 없기 때문이다. 생각보다 우리 사회는 남의 인생에 조언을 빙자한 훈수와 간섭을 정말 많이 하지만 그것과 모순되게 전혀 관심도 없고 신경도 쓰지도 않는다.

세상에서 제일 재미없고 여성분들이 제일 싫어 하는 게 군대 이야기라 하지만 또 군대를 다녀온 사람들에게는 이만한 소주 안주가 없다.

딱 한 가지 에피소드를 풀어 본다면 4학년 시절 동복유격장에서 2주간 유격 훈련을 받았는데 이 훈련의 피날레는 마지막 100km 도피 및 탈출 행군이라는 것이다.
(정말 대한민국 특전사, 특공 진심으로 존경한다 그들은 천리행군을 밥 먹듯이 한다.)

약 30kg의 완전군장을 메고 3~40km 정도 걸었을까?
오직 내 머릿속은 지옥을 걷고 있다는 생각뿐 이였고
아마 모든 동기들도 같은 생각을 했을 거다.

정신력이 흐려질 때쯤 내려막길에서 주먹만한 돌을
잘못 밟아 왼쪽 발목이 완전히 꺾인 후 뒹굴며 넘어
졌다. 그때의 일은 지금 생각해도 엄청 끔찍 했지만
그 뒤 나에게 다가올 상황도 더더욱 끔찍했다.

함께 행군하는 동기 중 동동이라는 친구가 있는데 넘
어져 발목을 잡고 울고 있는 나를 보며 똑같이 따라
우는 척하는 모습을 보고 정말 미친x 이라고 생각했
지만 지금도 가장 친하게 지내고 있는 동기이자 전우
이자 친구다.

이 친구의 군대썰을 유튜브로 제작하면 몇만 구독자
는 기본으로 나올 거 같은 생각이 든다.

다시 본론으로 돌아와서

훈육장교님 부축하 군의관에게 진료를 받았다.
하지만 당시 훈련의 목표는 전 인원 유격 수료 및 유
격 자격증 "취득"이였다.

"똑똑히 기억한다, 그 당시의 상황과 대화를"

· 훈육장교 : 걸을 수 있습니까?
· 군의관 : 뭐... 정신력의 문제이지 않겠나요?
· 나 : ???
＊ 훈련 종료 후 병원 진료 결과
  - 발목 비골 골절로 2달 동안 통깁스를 했다.

그렇게 나는 압박붕대를 하고 진통제를 받아 다시 걷
기 시작했다. 계속 걸었다. 그저 걸었다. 끝이 보이지
않았다. 발목이 부러진 것도 모른 채 그저 걸었다. 아
니! 발목이 부러졌는데 어떻게 군장을 메고 행군을 한
단 말이야?! 라고 거짓말 하지마! 하는 분들도 있겠지

만 정말 실화이다. 이해가 가지 않는다?! 그게 군대라는 곳이고 증인도 100명은 넘게 있다.

날 위해 동기들이 본인도 많이 힘들지만 내 군장에 있는 짐을 하나하나 나눠서 대신 들어주고 중간중간 쉴 때 쓰러져 더는 못 걷겠다 할 때면 동기들은 끝까지 할 수 있다고 부축여 주고 계곡물에서 발도 직접 닦아줬다.

진통제를 1시간마다 먹고 물이 없어 논두렁에 있는 물을 마시며 걸었다. 아마 그래서 통증이 무감각 해졌던 거 같다. 날이 너무 더워 완주할 때쯤 픽픽 쓰러지는 동기들도 꽤 있었다. 결론은 100km를 다 걸었으며 도착지점을 통과한 나는 그대로 누워 하늘을 보며 한참을 울었다. 한 편의 영화가 따로 없었다.

이때 한가지 느낀 것은 군대엔 엄청난 명언이 존재한다. 아마 모두가 알 것이다. 바로 **"안되면 되게하라"**라는 말이 있는데 이 말은 충분히 타당성이 있다는 것을

하지만 이 훈련 뒤로 내 좌우명은 **"되면한다"** 로
정했다. 졸업앨범 사진 속 좌우명에도 명시되어있다.

이렇게 생도 시절의 에피소드는 정말 정말 정말 많지
만 딱 여기까지만 하고 넘어가겠다. 계속 풀어버리는
순간 이 책을 작성하는 본질을 잃어버리기 때문이다.

동기들과 동거·동락 하며 일반 학기에는 전공과목 공
부를, 군사학기에는 훈련을 하며 2년이라는 시간이 훌
쩍 지나갔고 나는 알아야 한다 "전장의 신"이라는 슬로
건인 포병 장교로 임관하게 된다.

다음 장으로 넘어가기 전 한 가지 말 하고 싶은 것이
있다. 마지막 장에서 심도 있게 다룰 내용이지만 **'꿈'**
이란 건 직업으로는 만족할 수 없다는 것을 살짝 언
급하며 다음 장으로 넘어가 보자.

제2화 "현실과 이상, 이상과 현실""

자. 서론이 짧으면 짧고 길다면 길었는데 이제 본론으로 들어와 우리 대한민국에서의 직업군인은 과연 어떤 부분이 현실이고 이상인지 이야기해 볼 것이다.

책을 읽기 전 독자들이 오해할 수 있어서 앞서 말하지만 나는 정말 그 누구보다 군을 사랑하고 자부심도 강하다며 가슴 속에 영원한 제일 멋진 꿈이다.

위장하라고 하면 치아, 두피까지 하였고, 발목이 부러져서 통깁스를 2달 동안 하면서도 목발 집고 모든 훈련을 다 동참했다.

이렇게 책으로 만드는 이유는 우리 군이 정말 한 층 더 발전하고 장교, 부사관 할 것 없이 모든 군인들이 나라를 지킨다는 것에 보람을 느끼고 존재만으로 충분한 존경을 받고 그만한 대우를 받아야 한다는 생각이 크기 때문이다.

많은 국민들이 이러한 현실을 조금만 이해해 주고 존중해 주었으면 하는 마음이 크다.

그 이유를 이제 하나, 하나 언급할 것이다. 이 책을 끝까지 다 읽는다면 왜 내가 군인들을 존중과 대우를 해줘야 하는지 이해해 주실거라 믿는다.

허 나 지금부터 나오는 내용 들을 보면 군을 비판 하는거 아니야? 군인이 돈을 따져? 군인이? 이렇게 느껴 오히려 화살이 되어 나를 비난하고 또한 현역들의 의지를 오히려 꺾을 수 있는 내용 들이다.

기꺼이 받아들일 것이며 또한 언급한 부분들은 이미
개선되어야 할 사항들이지만 개선되는 것은 없고
변화되는 것은 선진병영문화 혁신이라는 것뿐이다.

이러한 목소리를 과연 누가 내었는가? 한 번쯤
생각해 보고 왜 계속 제자리 인지 시작해보겠다.

군 조직 집단에서 10년 이상 주요 보직만 하면서 느
꼈던 내 개인적인 생각과 느낀 점, 그리고 객관적인
부분들은 근거자료를 통해 표현할 것이다.

혹여나 글을 읽다가 불편한 마음이 들거나 현실을
부정하는 생각, 반감이 든다면 과감히 여기서 책을
그만 읽었으면 한다.

그 이유는 스스로 힘들 것이고 또한 그럴 의도로
만들어진 책이 아니기 때문이다.

조금이라도 더 넓은 시야로 많은 것들을 받아
드리고 우리가 미쳐 알지 못했던 부분들,
그리고 이미 아는 내용도 있고 모르는 내용도
있겠지만 많은 사항 들을 조금 더 면밀하게
들여 다 보며 다른 시각에서도 알아볼 것이다.

특히 직업군인을 준비하는 친구들에게는 현실적으로
많은 도움이 될 거라고 생각이 든다.

이유는 그 누구도 이런 것을 알려주지 않았기
때문이다. 나 역시 꿈 파트에서 언급한 제복에 대한
로망, 사회적인 시선, 사관학교의 혜택, 임관 후
100% 취업 등 20대 초반에 단편적으로 보여지는
모습과 혜택에 휩쓸려 군인이 된 것이 현실이기
때문이다.

이 책이 출판 될때 쯤 어떻게 현실적으로 처우
개선이 될지 모르겠지만 내가 직접 경험하고 느낀
군대는 절대 개선된 것이 아니라 표면적으로

여론적으로만 좋아 보이는 효과만 있을 뿐이고 현실은 제자리 아니 더 뒤로 가고 있음을 말할 수 있다. 아니라고 생각이 든다면 2023년 간부 처우 개선 내용을 한번 쭉 읽어봤으면 한다.
무엇이 좋아졌는지 직접 느껴보기 바란다.

로버트 기요사키 저자의 **"페이크"**라는 책이 있는데 내용 중 **동전의 면은 몇 면이죠?** 라는 물음이 있다.
대부분의 사람들이 답으로 앞 그리고 뒤 이렇게 2면이라고 대답한다 한다.

하지만 옆면까지 3개의 면이 있다고 표현한다.
즉 이 뜻은 새로운 시각에서도 볼 줄 아는 능력을 키워야 한다는 것이다.
(깨알 추천도서다 읽고나면 많은 것들이 변할 것이다.)

저자가 장교 출신인 만큼 특정 어느 부분은 장교들에게 해당되는 내용 들이 나올 것이다. 이해해 주기 바란다. 부사관분들도 정말 존경한다. 군에서 절대 없어서는 안 될 존재들이다. 단 한번도 편하게 대한 적도 반말을 한 적도 없으며, 아마 지금 이 시기에 가장 현타도 많이 받는다고 생각이 든다.

항상 군에 있는 모든 인원을 존중하고 장교와 부사관의 벽을 허물려고 노력 했으며 용사들에게 적어도 내 입으로 이야기하기 부끄럽지만 존경받을 수 있는 군인이 되려고 했다.

절대 군인으로서 부끄러운 행동을 단 1도 하지 않았다.

이 부분도 마찬가지로 나와 함께 군 생활했던 모든 인원 들은 알 거라고 믿는다.

지금부터 직업군인의
현실과 이상, 이상과 현실 하나하나 이제 시작해보자!

1. 군인은 현업 공무원이다?

아니 비 현업'이고 공무원도 아니고 공무원에 준하는 대우를 받는 직종이다. 이게 무슨 말이지? 하는 분들이 꽤 있을 거다. 나도 군인을 하고 약 8년이 지나서 알게 된 사실이기 때문이다.

· 현업 : 24시간 상시 근무태세를 유지하는 공무원 및 출근 시간이 불규칙한 계열.

· 비 현업 : 출근 시간이 정해져 있는 계열.

이 사전적 의미를 알고 나면 충격일 것이다.
왜 군인이 현업 공무원이 아니야? 라는 질문을 던질 수 있다.

나도 지금도 궁금하다 왜 군인은 비 현업이고 협업과 어떤 차이가 나는지 알아볼 것이며 계속 다룰 내용이지만 정말 많은 차이가 펼쳐질 것이다.

개인적으로 우리나라에서 경찰, 소방관, 군인 이렇게
같은 계열의 공무원으로 떠올릴 수 있는데 위의
설명한 기준으로 군인만 **"비 현업"**으로 분류되고 있다.

· 군인 : 출근시간 보통 08:30 ~ 17:30 으로
　　　　　 고정되어 있다.

출근 시간 고정으로 인해 비 현업으로 분류되고 다른
계열처럼 교대근무가 아니기 때문이다.

하지만 알지 않은가? 출근 시간만 정해져 있지
각종 훈련, 당직 등 의미 없는 시간이다.
교대근무가 힘들다? 밤, 낮이 바뀌어서 힘들다?
아쉽게도 군대는 교대해줄 사람이 없다.

당직을 서고도, 철야 훈련을 하면서도 불필요한
행정업무가 가득 차 있어 교대해서 대신해 줄 인원이
없기 때문에 군대에서는 1인 3특기, 혹은 다 할 줄
알아야지! 라고 하고 있는데 현실이다.

조금만 군 생활을 해봤거나 또는 군인 남자친구가 있는 여성분, 군인 남편을 두신 와이프 분들이라면

단번에 의문을 품을 것이다? 내 남자친구가? 내 남편이? 내 친구가? 17:30에 퇴근을?! 과연 얼마나 보았을까 묻는다. 집에 안 들어 온날 이 더 많을 것이다.

혹여나 어? 아닌데 퇴근 잘하던데? 휴가도 잘 나오고? 편해 보이는데? 혹은 군인 괜찮아 할만해 하면서 웃으면서 이야기하는 인원이 있는가? 그런 인원이 있다면 한 가지 확실하게 말할 수 있는게 하나 있다.

그 인원 때문에 다른 인원이 더욱 힘들게 군 생활을 하고 있을 거라고 감히 말할 수 아니 확신할 수 있다.

이를 바탕으로 자연스럽게
군인 하면 수당, 수당 하는데 현업과 비교해서 얼마나 차이가 나는지 아주 매운 맛으로 다뤄 볼 것이다.

이 내용이 시작하면 정말? 거짓말? 이라고
반응하겠지만 또 누구는 군인이? 돈을 따져?
라떼는?! 이라는 말이 시작될 것이다.
이렇게 반응하는 사람들 덕분에 군 조직이 발전을
못하고 있다고 말해주고 싶다.

그러면서 군인 좋아~ 하면서 가스라이팅을 할 것이다.
정작 그렇게 말하는 이들에게 그럼 직업군인 하세요
라고 물으면 어후 그래도 사회에 있을래 라고 답을
받을 수 있다.
전형적인 우리나라의 이기적인 심보다.

**P.S 참 잊은게 있는데 그럼 전쟁이 나야 군인은
현업으로 인정받을 수 있는 것일까?**

2. 군인은 안정적인 직업이잖아!

계급별 정년이 있는 직업, 일반 공무원처럼 60세까지 일 할 수 있는게 **아니다.**

장교 기준, 부사관의 계급체계까지 내용을 다루면 양이 많아져서 생략하겠다.

· **대위(43세)**
· **소령(45세)**
· **중령(53세)**

즉, 진급을 못 하면 강제로 전역하는? 당하는 것이다.

위 계급만 명시하면 왜 대령은? 장군은?
언급 안 하냐고 물을 수 있다. 그 이유는 간단하다.
장교로 임관해서 현실적으로 달성할 수 있는 계급을 명시했다.

장교는 출신별 육군사관학교(10년),
육군3사관학교(6년), 학군단(2년4개월), 학사장교(3년),

간부사관(3년) 이렇게 출신별로 의무복무 년 수가
다르다 무엇을 의미하느냐 혜택이라고 표현했던
학비를 지원했으니 받은 만큼 나라에 의무적으로 더
복무해! 이 뜻이다. 이 기간이 채워지지 않으면
관두고 싶어도 관둘 수가 없다는 것이다.

에이! 그래도 육사는 5년차에 전역할 수 있잖아요.
장기 된 후로 5년차에 전역할 수 있잖아요! 라고
말하는 이들이 있다.

맞다 전역할 수 있다. 중요한 팩트는 5년차 전역 같은
경우 무조건 그만둘 수 있는게 아니라 해당 기간이
충족해야 전역지원서 제출할 수 있고 육본에서
심의를 통해 승인된 인원만 전역이 가능한 것이다.

미승인 된 인원들은 전역 못 하고 다시 5년을 해
10년을 강제로 복무해야 는 것이다. 에이! 거짓말
하지마세요.
세상에 내가 일을 그만두겠다는데 그런 곳이

어딨어요! 라고 묻는다면 답해 줄 수 있다. 그게 바로 군대라는 곳이다. 뒷 편에서 다룰 거지만 안정적인 것처럼 보여지는 표면적인 부분에서 개미지옥 같은 시스템인지 보여줄 것이다.

이제 한번 대한민국 국민들 인식에서 가장 안정적인 직업의 장교, 부사관, 직업군인들의 현실!
가장 큰 혜택인 20년만 하면 연금을 받는 직업의 현실을 살펴보겠다.

이글을 다 읽고나면 20년만 하면이 아니라 이걸 20년이나 해야 해? 라고 바뀔 것이다.
요즘 세대 사회에서 이렇게 하면 젊은이들이 바로 직장을 "그만둘"꺼 라고 믿어 의심치 않기 때문이다.(이전에도 마찬가지지만 야 나때는 말고 우리 현실적으로, 경제적으로, 자본주의 사회처럼 시각을 바꿔서 읽어보자.)

어떻게 하면 연금 대상자가 되는지 한번 봐보자.

축하한다. 큰 꿈을 가지고 소위로 임관을 했다.
계약직 근로자일 뿐이다.(출신별로 의무복무가 다른)

20년을 하기 위해선 첫 번째 장기복무 선발이 되야
된다. 이는 부사관도 동일하다. 특히 장교는
장기에 선발이 되고 소령 진급을 못 하면 대위로
15년밖에 복무를 못 하고 전역을 해야 한다.
동기, 선·후배 경쟁을 해야 한다.

뭐 경쟁 사회이니 당연한 것 일지도 모른다.
그런데 다른 공무원들도 계속 경쟁하는가? 임용되면
60세까지 다닐 수 있지 않은가? 여기서부터 벌써
차이가 난다.

장기가 되기 위해 소위, 중위, 대위 초반까지 저
열심히 부대에 헌신하고 노력하고 있습니다. 라는
것을 보여줘야 한다. 이를 이해 엄청난 야근을 해야
한다. 왜냐면 군대에서의 능력평가는 퇴근을 안하는
것에서 시작되기 때문이다.

그게 바로 즉 성실함과 책임감으로 평가받는다.
여차여차 장기복무에 선발이 되었다. 축하한다.
첫 번째 관문을 통과했다.

이제 두 번째 관문인 소령 진급을 해야 한다.
대위의 의무복무는 15년이다.
즉 장기선발이 되어도 소령 진급을 못 한다면 강제
전역당하는 것이다.

그렇다면 어떻게 해야 하는가? 여기서 중요한 한
가지 나이가 30대가 넘어갔다는 것이다. 우리나라에서
30대에 나와서 하던 일을 관두고 새로운 직업을 찾아
떠난다? 과연 누가 반가워할까? 라는 생각을 해본다.
그러기에 진급해야 하지 않는가?

장기선발 되는 법에서 언급했듯이 이제는 정말
상급자에게 충성을 다하고 부대에 헌신하고 나는 곧
부대다, 라는 생각으로 임해야 한다. 안 그러면
43세에 전역당하면 사회로 나가 할게 없기 때문이다.

근데 예외도 있다 정말 편안하게 관운이 맞아서 진급
하는 경우도 종종 있다.

예를 들어 저런 사람이 진급했어? 라는 말이 꽤 나
많이 들었을 것이다. 이를 관운이라 한다.

진급을 위해 필수보직, 흔히 말하는 진급 자리인
보직들이 있으면서도 개인의 노력과 별개로 이 운이
안 맞아서 이유도 모르게 정말 존경하고 멋진
선배들이 진급이 안되 나가는 경우도 종종 아니 많이
봤다. 여튼 1차~5차 안에 진급해 영관장교인 소령이
되었다.

소령부터는 나는 어차피 20년만 하고 나갈거야 라는
마인드가 아닌 이상 정말 모든 걸 바쳐야 할 시기가
온 것이다.

그 이유는 제일 위에서 말했듯 소령의 정년은
45세이다.

대한민국에서의 45세는 제일 한창 경제활동이 있어야
하고 커가는 자식들의 뒷바라지가 필요한 시점인데
중령 진급을 못 하면 전역 당하기에, 위에서 언급한
것처럼 또다시 진급을 위해 모든 걸 쏟아 내야 한다.

그래야 중령을 달고 53세까지 일할 수 있다.
이래도 일반 공무원처럼 60세까지 못한다.
어쩌면 좋은가 이 현실을.
뭐 여기서 사회도 똑같아 라고 가스라이팅을 한다면
제발 부탁이다. 안 그래도 지금 전역하는 인원들이
많아 일손이 부족하니 그 사람이 군인 해줬으면 한다.

계급	연령정년	근속정년	계급정년
원수	종신(終身)		
대장	63세		
중장	61세		4년
소장	59세		6년
준장	58세		6년
대령	56세	35년	
중령	53세	32년	
소령	45세	24년	
대위 중위 소위	43세	15년	

<참고 1. 계급별 정년>

3. 군인은 봉급 높던데? 그리고 군인은 수당이지!

"비 현업", 공무원에 준하는 대우를 받는 군인이 왜 다른 공무원에 비해 봉급이 높아 보이고 또한 비 현업의 수당에 대한 현실을 적나라하게 파해쳐 보자.

□ 군인의 봉급이 높아 보이는 이유

구 분	2018년 2월 전	2018년 3월 부
지급항목	1. 봉급 2. 정근수당 가산금 3. 교통보조비 4. 가계지원비 5. 직급보조비	1. 봉급 2. 정근수당가산금 3. 직급보조비
비고	· 5개 항목	· 3개 항목

<참고 1. 급여 명세표 지급항목>

이렇게 보면 3번 교통보조비, 4번 가계지원비 2가지 항목이 없어진게 보일 것이다. 면밀히 말하면 없어진게 아니라 이 항목을 봉급에 합산시켰다. 당시 대부분 사람들이 좋아했다. 그 이유는 봉급 기준으로 성과상여금과 정근수당을 지급했기 때문이다. 하지만 여기서 변한게 있다.

바로 지급률 조정!

구 분	2018년 2월 전	2018년 3월 부
성과상여금	· A기준 = 봉급의 173%	· A기준 = 봉급의 143%
비고	· 군대의 성과급은 등급별로 A, B, C, D로 최대 143% 최소 80%로 각종 평가 항목이 있는데 점수화해서 개인별로 등급 지급 하게된다. ＊ 단결, 협동심을 가장 중요하게 생각하는 조직이지만 돈을 가지고 개인별로 성과를 측정하고 있다. 어 아닌데? S등급도 있는데 라고 할까봐 혹여나 이야기하는데 그건 아무 의미 없는 내용이다. 17명 18명 그룹에서 1명 받는게 평균화해서 적용할 수 없기 때문이다.	

<참고 2. 성과상여금 지급기준>

정말 소름돕게 타 공무원에 비해 봉급이 상당히 높게 보인다. 어떠한 효과가 있냐면 사회적으로 봤을 때 군인 봉급 째네? 공무원중에 제일 째네? 라는 말을 듣게 하면서 현실적으로는 봉급만 높게 되있고 소득세 즉 세금은 그만큼 더 내고 "비" 현업답게 수당이 제한되어 있어서 실수령액은 다른 협업 공무원들보다 월등히 적게 받는 구조로 되어있다. 아닌거 같은가? 네이버 검색 몇 번 해보면 다 나온다. 수당은 지금부터 하나하나 설명해주겠다.

□ "비 현업" 공무원에 준하는 대우를 받는 군인의 현실적인 수당

구 분	내 용
당직 근무수당	· 평일(16시 ~ 익일 09시까지 근무) 16시간 　· 당직수당 = 10,000원 　· 저녁밥 : 5,000원 + 아침밥 : 4,000원 　　　　　 = 9,000원 　· 당직수당 10,000원 - 식사비 9,000원 　　　　　 = **1,000원** 　· 16시간 ÷ 1,000원 = 시급 62원 　∴ 사회의 최저 시급이 얼마인지는 아나요? 　　당직 근무서고 09시에 퇴근해본 적 　　몇 번이나 있나요? 　· 사회 최저 시급 : 9,620원(2023년기준) 　· 평일 16시간 X 9,620원 = 153,920원 　· 주말 24시간 X 9,620원 = 230,880원 **※ 당직을 한번 설 때마다 약 15만원~23만원** **나라에 주고 선다고 생각하면 된다.** **아 맞다 기름값, 밥값 안주지?** 내 차는 하이브리드라 연비 좋아. 나는 식수신청 안 해서 안 내는데? 라는 정신승리자들이 없길 바란다. 참 이 책을 쓰기 맘먹고 조사하면서 알았지만 이 당직근무 수당도 2012년도에 생겼다고 한다. 당시 평일 5천원, 평일 만원! **참 지금은 2023년이다.**

구 분	내 용

초과
근무수당
	· 2018년도 이전
	  - **최대 18시간 인정**
	· 2018년도 이후
	  - **최대 28시간 인정**
	※ 즉 100시간을 일해도 "28시간만" 인정을
	  해준다는 것이다.
	그리고 하루에 인정되는 시간은 4시간뿐이다.
	또 여기에 무슨 밥 먹는 시간 공제라고 1시간을
	또 빼간다. 4시간의 돈을 받으려면 5시간을
	찍어야 한다는 것이다.
	결국 이것을 반영하면 시간당 대위 계급도
	항상 최저 시급도 못 받는 것이다.
	중·소위, 상·중사는 더 심할 것이다.
	장교 같은 경우는 영관급, 소령이 되면 초과근무
	수당이 사라진다.
	여기서 또 누구는 그런다. 소령은 다른 수당 고정
	으로 받잖아요! 맞다. 받는다
	근데 대한민국 소령이 과연 딱 그만큼만 야근할까?
	저자가 본 군대는 소령 진급을 바라는 대위와
	중령 진급을 바라는 소령이 말도 안되는 업무량을
	항상 소화하고 있다. 이렇게 말하면 또 누군가
	에이 군인이 무슨 그렇게 야근을 많이 해요!
	라고 말할 수 있기에 저자의 실제 위의 해당
	내용을 참고해 주겠다.

비고	실근무시간 인정시간 98 28

구 분	내 용

훈련
수당
	· **훈련수당**
	 - 야속하게도 이런 수당은 존재 하지 않는다.
	  앞에서 설명한 초과근무수당에 모든게
	  포함되어있다.
	  오히려 일주, 이주 씩 훈련을 나가면
	  월급이 줄어든다.
	  훈련 시 먹게 되는 식사 때문이다.
	  간부들은 훈련을 나가게 되면 전투식량
	  조차 돈을 주고 사 먹는게 현실이다.
	  이러면 사회도 밥은 돈 주고 사 먹는다.
	  라고 가스라이팅 하는 사람들이 꽤 있던데
	  내가 임관 전 노가다, 공장 교대근무,
	  편의점 알바, 등 해봤지만 노가다를
	  무시하는 것은 아니지만 그 노가다도
	  밥은 준다.
	  이미 이것도 언론에 노출될 만큼 유명한
	  일들이지만 전혀 개선되는 모습은 없다.
	  나라를 지켜주셔서 감사하다는 군인들에게
	  대하는 자세가 맞나 싶다.

비고	

구 분	내 용

주택
수당
	· 군인은 집 주잖아! / 주택수당
	 - 주변에 관사가 없거나 독신 숙소가 부족할
	   때 전·월세로 나가 살아야 받을 수 있는
	   수당이다. 10%정도 될까? 대부분 군에서
	   지원해주는 숙소에서 산다.
	   *2022년 이전 8만원, 23년부터 16만원
	    30년 만에 인상된 거다. 올해 운이 좋게
	 - 주다: 물건 따위를 남에게 건네어
	          가지거나 누리게 하다.
	   군인은 짧게는 1년 보통 2~3년 마다
	   부대를 재발령 받아 이동하게 된다.
	   어디로 갈지 언제 갈지, 가는 지역에
	   숙소가 있는지, 부대소집이 걸려 언제
	   부대에 들어가야 하는지도 모른다.
	   * 다 모른다 그냥.
	   그러기에 근방으로 숙소를 지원해 줄 수
	   밖에 없는 것이다. 그런데 집 준다고
	   엄청난 혜택을 받는 것처럼 이야기들을
	   한다. 이 집이 내 명의로 된 집인가? 내가
	   팔 수 있는 금전적인 가치가 있는 것인가?
	   사회에 왠만한 직업을 가져도 월세지원,
	   기숙사, 숙소지원 동일하게 다 지원해준다.
	   또 이걸로 가스라이팅 하는 인원이 있다면
	   본인의 능력을 조금 의심해 볼 만하다.
	   강원도 인제도 월세가 45~50만원 한다.
	   터무니 없는 수당의 현실이다.

비고	월세 북면 일반원룸 한국공인중개. 18/18 500/45 월세 북면 일반원룸 한국공인중개. 19/19 500/45

구 분	내 용
영외 급식비	· 너네 "밥" 사 먹으라고 급식비 주잖아! 　- 맞다 받는다. 　　**내가 10년 전 임관했을 때 한 달에 　　136,000원 정도 받았다. 　　당시 한 끼에 식사비는 2400원 정도 했다. 　　2023년 지금도 136,000원 받는다. 　　지금은 한 끼에 5,000원~6,000원씩 한다. 　　식비는 2배 이상 올랐는데 식비 수당은 　　그대로다.** 　　당직을 서도 밥을 사 먹어야 하고 　　훈련을 해도 밥을 사 먹어야 하고 　　당직서고 다음 날 퇴근해야 하는데 　　업무가 많아 퇴근을 못 해 일을 하면서도 　　점심 식수신청이 비상상황 하 대기 하는 　　일이 있다면 저녁 식수신청 안되있어 　　P.X 가서 라면과 냉동을 사 먹는 일이 　　참 많다. 그래도 괜찮다. 군인이라 P.X는 　　사회 마트보다 라면을 싸게 먹을 수 있기 　　에 합리화와 가스라이팅 당하며 맛있게 　　라면을 먹으면 된다. 편의점에서 야간 　　알바 했을 때 사장님이 유통기한 　　도달해가는 것은 공짜로 먹으라 했었는데 　　문득 그때가 생각난다. ※ 면세 주류, 아이스크림 말고는 딱히 사회에 있는 대형마트, 쿠팡 골든박스 타임에서 물건 사는게 더 싸게 느껴지는 건 기분 탓이면 좋겠다.

구 분	내 용
기타 사항들	① 평일 당직은 16시간 근무? 　→ 동일하게 08시에 출근들 할 것이다. 　　16시는 당직근무 투입시간이지 출근은 　　아침 일찍 한다. 결국 평일도 24시간 　　근무 아닌가? ② 복지 포인트 지급? 　→ 분기별 5~8만원 지급, 최대치로 계산해도 　　년 8만원X4=32만원 　* 3달에 8만원으로 어떤 복지를 누릴 　　수 있었나? 1년 동안 안 쓰고 모으다가 　　마지막 11월 달에 30만원 꽁돈 　　생겼다고 좋아했는가? 　※ 다른 행정직, 현업 공무원 소방, 경찰 　　등 지인이 있다면 일년에 복지포인트 　　얼마 받아? 한번 물어봤으면! 　　이 차이도 20년으로 계산해 보면 　　상상 이상의 차이가 날 것이다.
결론	· 저자가 생각하는 결론! 1. 20년간 돈을 내고 서는 "당직근무" 2. 20년간 하는 만큼 못 받는 "초과근무" 3. 20년간 훈련하며 돈 내고 밥 먹는 "영외급식비" 4. 20년간 다른 공무원과 차이 나는 "복지포인트" 5. 20년간 이사 다니며 추가 소비한 "이사비" 6. 20년간 성실히 납부한 "기여금" 　※군인들에게 연금은 "혜택이 아니라" 당연히 　　보장해줘야 "권리이며 보상"이라고 생각한다. → 그런데 지금 우리나라의 표면적인 자세와 인식은 　왜 군인만 연금개혁 "안" 해요? 라고 한다. → 그런데 왜 군인만 아직도 당직비가 만원이에요? 　라고 물으면 아차! 물으면 안된다. 　어디 군인이 돈을 밝혀 라는 말과 　희생 · 헌신 안해?! 라는 말을 들을 것이다.

이렇게 군인이 다른 공무원에 비해 봉급이 많아
보이는 이유와 "비 현업" 공무원으로서의 수당의
현실을 알아보았다. (말이 수당이지 수당이 없다.)

처음 언급한 경찰, 소방 계열의 직업과 직접 하나하나
비교해서 글을 쓰고 싶었지만 이 책을 쓰는 취지와
맞지 않기 때문에 그렇게 하지는 않겠다. 모두 정말
존경하는 직업군이다.

안정적인 직장이라는 사회적 인식 속에서 그
누구보다 불안한 삶을 살고 있을지도 모른다.

끊임없는 진급 경쟁, 계급별 정년, 언제 일어나도
이상하지 않은 각종 사고, 그리도 책임... 돈 적인
부분도 그렇지만 지금 가장 심각한 건 군의 시스템과
분위기이다.

나 역시 이러한 시스템과 분위기에 못 견뎌 전역을
결심했다.

영관급 장교가 못되어 중령을, 대령을 못단 사람이기 때문에 패배자 일지도 모른다.

허 나 한 가지 확실하게 말할 수 있는 건 내 선택에 **"후회"**는 단 1도 없다.

군의 본질, 군의 목적, 군의 존재의 이유는 과연 무엇이라고 생각하는가? 우리나라의 영토와 국민을 지키는 것이지 않은가?

혹여나 군을 경험하고 나간 인원, 지금 현역으로 계신 분들에게 한가지 물어보고 싶은 것이 있다. 군인으로 복무를 하고 있는데 나라를, 국민을 지키고 있는 기분이 들고 있나요? 라고 물었을 때 과연 네! 라고 누가 대답할 수 있을까?

포대장(중대장)을 약 4년을 했다. 군대에서의 "꽃"이라고 표현되는 직책과 계급이다.

매일 아침 회의로 하루를 시작해 회의가 끝나면
아라스 위험성 평가체계에 안전요소를 염출해서 작성
하고 체크리스트를 출력해 합철해서 그것을 바탕으로
인원들에게 안전교육을 실시하고 일과를 시작했다.

혹여나 무슨 일이 일어났을 땐 아라스 위험성평가
체계에 안전요소를 썼는지, 주간훈련예정표에는
반영이 되어있는지 휴가 간 용사가 지연복귀나,
연락이 안되면 연대통합업무시스템 출타자
사고예방교육을 했는지, 인원들 면담을 하고 기록을
해놨는지, 신 인성검사는 했는지, 관계유형검사는
했는지 신상관리 인원인지부터 점검받았다.

무슨 활동을 하게 되면 모든게 안전이다.
병력 관리뿐만 아니다.
점검, 사열, 검열, 훈련, 집중인성, 집중정신

도대체 뭐가 이렇게 많은 것일까?
후속 조치는 똑같은 문제를 가지고 매년 바뀐

실무자들로 사진만, 양식만 바꿔가며 가며 되도 않는
새로운 논리로 몇 년째 하고 있는지 모른다.

자가진단문진표, 보안규정평가, 성인지교육, 안전관리
교육, 소통 공감, 마음의 편지. e러닝 등 하나하나
언급하면 벌써 머리가 아프다.

본질과 벗어난 과도한 행정업무, 불필요한 현황 종합,
현황 종합해서 도대체 뭐가 바뀐다는 것인가? 해결해
줬는가? 그리고 위에 언급한 것들이 전쟁이 나면,
비상사태일 때 해야 하는 활동인가? 전쟁이 나도
취업준비, 상 벌점 토의, 뿜뿜 콘테스트, 용서와
화해의 시간을 할 것인가?

이러한 것들을 하면서 우리는 본질을 잃어 가고
있다고 생각이 든다.
군대라는 큰 조직에서 시스템적으로도 분위기
적으로도 많은 문제가 있다고 개인적인 생각이 든다.
이러한 시스템 속에서 한조직에 있는 구성원들이

장교는 장교대로, 부사관은 부사관대로, 용사는
용사대로, 군무원은 군무원대로 다 다른 제도와
시스템 적용으로 서로를 비교하고 질투와 시기
혐오까지 생기고 있다고 생각한다.

현실적으로 이 조직에 있으면서 내가 직접 느끼고
이유를 한번 생각해 보니 위험한 발언일 수도 있으나
한가지 결론을 내려보면 장교는 장기만 되면 근속
진급하는 부사관의 제도를, 60세까지 할 수 있는
군무원을 부러워하고 부사관은 장교의 위치와 봉급
적인 부분을 부러워하고 군무원은 왜 군인들처럼
똑같이 당직서고 훈련 하는데 집 지원 안해주냐 하고
징병제로 온 병사들은 끌려왔다는 인식하에 **간부를
주적이라고 표현한다.**

아닌 거 같은가 유튜브, 인스타, 페이스북 등 많은
SNS에 서로 계층에 대해 비하하고 조롱하고 하는
내용과 짤들이 넘치고 흐른다.
이러한 분위기 속에서 올해 2023년 처우개선 이라고

정책이 나왔는데 과연 무엇이 좋아졌는가?

휴전국인 국가에서 나라를 위해 징병으로 온
병사들은 당연히 보상이 따랐어야 했고 여지껏
그러지 않았기에 군대에 온 자체가 끌려왔다 해준게
뭐냐 라는 소리를 듣는 것이다.
그래도 용사 월급이 올라가서 정말 다행이다.

그런데 문제는 간부다. **"비"현업**이 뭔지도 모르고
군생활 하는 간부들이 많을 것이다. 그렇게 순수하다.
사회에 있는 사람들한테 당직서면서 밥값 내라 하고
다음 날 퇴근 안 시키고 계속 훈련 시키고 일 시키고
해봐라. 다음날 출근이 아니라 잠수 탈 것이다.
· 간부 주택수당 인상?
· 소대장 지휘활동비 인상?
· 주임원사 활동비 인상?
· 가족수당 인상?
· 직급보조비 인상?
도대체 간부들의 생활 여건 면에서 무엇이 처우

개선이 된 것인가? 소령부터는 월급 동결? 대위는
직급보조비 인상 왜 미포함인가? 1~3만원 올려주고

세금인 소득세 %, 기여금 % 올렸는지는 왜 안가르켜
주는가? 처우 개선이 되었는가? 이러한 처우개선을
현실적으로 보면 오히려 또 계층간에 갈등과 상대적
박탈감을 들게 하고 있다.

장교, 부사관 지원율은 끊임없이 떨어지고 있다.
곧 용사로 와도 월 200은 받으니까.
현역 군인들의 장기희망도 떨어지며 몇 년 전만 해도
장기만 되면 좋겠다 했던 인원들이 전역지원서를
제출 하는게 현실이다. 소령, 상사? 예외 없다.

사실 이 책은 2022년에 출판하려 했다.
하지만 2023년에 그래도 조금이라도 처우 개선이
되면 좋겠다 하는 마음에 기다렸다.
하지만 역시는 역시다. 바뀐 건 없고 우리는 또

속았다. 엄청 좋아 보이는 것처럼 자료를 만들고
언론에서 홍보하고 사회적으로 좋은 직업처럼
보이기만 할 뿐 현실은 더 안 좋아 지고 있다.

현재 군의 모습을 적 나라 하게 언급하면서 작성하면
책이 300페이지 정도 될 거 같아 여기까지만 하겠다.

책을 쓰면서 또 하나 느낀 건 군대는 몇십 년 전부터
이랬다. 지금도 그대로고, 하지만 이렇게 표면적으로
드러나고 하나, 둘 깨닫기 시작한 건 SNS의 발달,
유튜브, 경제의 고성장 등 다른 직업, 그리고 삶에
있어 쉽게 SNS를 통해 비교가 되면서 상대적
박탈감이 들기 시작했기 때문이다.

언제까지 희생, 헌신, 책임감을 당연하게 요구할
것인가? 존중조차 없는 지금 현실에서 희생해라
헌신해라 말할 자격이 있다고 생각이 드는가?

나라를 지키는 군인들이 몇천원, 몇만원 덜 받고, 더
받는 정책 하나하나에 흔들리고 실망하고 있는데 그
마저도 군인이니까 안해주고 있다.

자본주의에서의 혜택은 보수라고 생각한다.
강제로 온 용사들이건, 선택해서 온 간부들이건
나라를 지키는 것, 군복을 입은 자체가 명예라고
말하는 것처럼 이런 생각이 스스로 들게끔 해줘야
한다고 생각한다.

사회에서 군인을 바라보는 인식도 "누칼협" 이렇게 할
게 아니라 조금은 존중을 해줬으면 좋겠다.
결국 우리나라에 무슨 일이 일어났을 때 그대들을
지키는 존재들이지 않은가.

우리나라는 군인뿐만 아니라 희한하게 누구를
도와주고 지키고 구하는 직종이 참 누칼협 소리를
많이 듣는다. 우리의 세금으로! 이러지만 공무원들도
세금 많이 낸다.

연금도 나라에서 그냥 주는 것처럼 이야기하지만 특히 군인은 다른 현업 공무원과 다르게 비교해 보면 20년 동안 위에서 설명한 돈을 내고 서는 당직근무 수당, 훈련하지만 인정받지 못하는 초과근무 수당 만 현업 공무원 처럼만 받아도 월 최소 100~150만원은 못 받고 나라를 지키고 있는 것 이다.

말이 월 150만원이지 이걸 12개월 X 20년, 20년간 납부한 기여금까지 계산해 보면 어마 무시한 금액이 나올 것이다.

물가는 오르고, 화폐의 가치는 떨어지고 20년만 하면 죽을 때까지 연금을 준다고 혜택처럼 말하는데 **언제 죽을지 정해놓고 사는가?** 이번 파트는 대부분이 모르는 현실적인 부분을 다뤄 보았다.

누칼협이 아니라 건전하게 군대라는 큰 조직이 올바른 방향, 성장 그리고 발전하기 위해서는

우리나라를 지켜주는 군인들의 처우가 확실히
획기적으로 개선되어야 하고 군인을 대하는 인식도
많이 바뀌어야 한다고 생각한다.
그렇지 않다면 군대는 앞으로도 계속 하향 평준화가
될 것이다. 아니 이미 되고 있을지도 모른다.

징병으로 온 용사들이 1년이든 2년이든 군 생활을
시작했을 때 간부들의 모습을 보고 오! 간부가 되면
저런게 있구나!

용사와 이런게 다르구나 차이가 있구나! 하면서
직업군인이 되야겠다. 멋있다! 생각이 들어야 하는데
오히려 요새는 상, 병장 친한 용사들이 커피 사 들고
와서 고생 많으십니다.

포대장님. 저는 직업군인 "못할거" 같습니다. 그런데
직업군인 왜 해요? 라는 말을 심심치 않게 자주
들었던 거 같다. 도대체 어디서부터 잘못된 것일까.

그리고 간부는 변해가는 용사들의 처우 개선과
제자리 아니 후퇴하는 간부들의 처우를 보고 현타를
느끼고 있다.

이 부분을 왜 언급했냐면 저자가 전역 전 느낀
군대의 모습은
용사를 간부화가 아니라,
간부를 용사화 시키는 거 같은 기분과 느낌이 들었다.
그리고 용사들의 불만이 언론과 육대전에 하나하나
나올 때마다 간부들을 통제하는 지침들이 만들어졌다.

내 젊은 날 정말 멋지게 이루고 싶은 꿈이였던 "직업"
이였기에 그만큼 애정도 있고, 지금 이 순간도
조금이나마 한명 이라도 이러한 것들을 공감하고
발전하며 변화하길 바라는 마음이 정말 크다.

다음 파트에서는 이러한 현실 속에서 우리는 왜
"인지"를 못 했는지, 어쩔 수 없다. 라는 말로 왜 계속
이렇게 살고 있는지 이야기하는 시간을 가져 볼 것이다.

'제3화 공허함 속 안에 있는
독이든 성배 그리고 두려움

어느덧 3화까지 왔다. 기분이 어떤가? 이러한
사실들을 알고 나니 충격적인가?

3화는 이러한 현실 속에서 왜 우리는 변하지 안
았는지, 아니 변하지 못했는지 내 나름대로 느낀점을
말하는 파트다.

공감이 될 수도 있고 안 될 수도 있는 부분이니 그냥
한번 잠시 스쳐 지나가는 내용이다. 하고 편하게 읽어
줬으면 한다.

파트의 제목은 공허함 속 안에 있는 독이든 성배 그리고 두려움이라고 정해봤다. 그 이유는 10년 이상 군 생활을 한 내가 시작과 동시에 군 생활이 종료될 때까지 느낀 것들과 감정들이다.

왜 이러한 현실 속에서 우리는 왜 그냥 수긍하고 사는지 이야기해 보려 한다. 아주 친한 친구이자 동료가 언젠가 나에게 이러한 글을 보여줬다.

내가 변화할 수 있게 그리고 미래를 기대할 수 있는 마인드로 만들어준 너무 고맙고 소중한 친구다. 이니셜로 살짝 언급하고 가겠다. P.J.H 사랑한다 동기야!

고대 로마 시대에 노예들이 반란을 일으키지 않고 통제하에 두기 위한 연구를 한 적이 있다고 한다. 그들이 찾은 방법은

1. 노예끼리 계급을 만들고 자체적으로 통제하도록 한다.

2. 생각하고 토론할 시간과 기회를 박탈한다.

3. 가끔씩 업무 교체를 하여 적응에 바쁘도록 한다.

4. 주기적으로 포상을 주고 가끔씩 여행을 갈 기회를 준다.

이 글을 읽었을 때 어떠한 것이 생각나는가? 맞다.
저자도 그렇게 느끼고 떠올렸다.
우리는 지금부터 무의식 속 세뇌와 습관이 얼마나
무서운 것인지 알게 될 것이다.

군 조직의 시스템은 정말 소름이 돋을 정도로
치밀하고 세밀하게 되어있다.
엥? 이게 무슨 말이지? 라고 할 수 있을텐데
한번 잘 봐보자.

1. 후보생 시절 인간의 기본적인 욕구를 다 통제시킨다.

즉 춥고 덥고, 배고프고, 잠 못자게 하고, 몸도
힘들게 하며 당연히 참는 것이다. 라고 교육을 시키며
또한 군인은 명예다라고 말하며 지속적으로 말과
동일한 행동을 통해 자연스럽게 세뇌와 습관이
되도록 만든다. 당연히 이러한 과정을 거치고 나면 물
한잔, 잠자는 것, 품위 유지비 주는 것 하나하나가
엄청난 혜택처럼 느끼며 임관을 할 것이다. 즉 어떠한

것에도 참아야 한다는 것을 무의식적으로 세뇌를
시킨 것이다.

2. 연장 복무, 장기, 진급을 조건으로 군 생활하는
   내내 경쟁을 시킨다.

3. 일정 기간이 되면 직책을 바꾸고 부대 이동을 시켜
   새로운 것에 적응하느라 다른 생각을 못하게 만든다.

4. 지속적으로 군 생활을 하고싶다 해도 진급이
   안되면 강제 전역당하게 만들어 놨다.

5. 경쟁이 유지되고 조직이 돌아갈 수 있게 장치를
   걸어두었다.

그 장치가 무엇이냐? 바로 지휘관이 부하들을
평가하는 **"평정"** 이다 이 평정 하나, 하나가 모든
것에 영향을 미치기 때문에 엄청난 장치를 걸어둔
것이다.

6. 마지막 장치로 지휘추천, 진급 추천이라는 제도도 있다.

지휘관의 가장 강력한 제도, 즉 권한이다. 어쩌면
이러한 제도로 인해서 나라를 지키는 것이 아니라
그분들의 기분을 지키고 있는 느낌? 생각도 들 수도
있다.

이게 지금까지의 군대가 상식적으로 이해가 되는
것이 없지만 아무렇지 않게 유지가 되는
시스템이라고 생각한다.
아닌 거 같은가? 이러한 시스템 속에서 전역은 할
수는 없고, 나이는 먹어가고 당연히 장기가 되고
진급이 되려면 어떻게 해야 하겠는가?

군인은 상명하복을 기본적으로 해야 하는 것, 그리고
군대라는 조직이 정말 좁아서 전화 한 두통이면 이
사람이 어떤 사람인지 소문이 다 나 버린다.

그리고 객관적으로 잘한다. 성과를 표면적으로 보여질
수 있는게 없어서 "인정"이라는 것을 받으려면

간단하게 부대에서 살면 된다. 뭐 구절구절 어떻게 말 안해도 군을 경험했던 사람들이라면 어떤 의미인지 알기 때문에 예시는 안 들겠지만 또 신기한게 군대는 정말 바쁘다. 일이 끝이 없다. 그렇기에 평일이고, 주말이고 그 일을 끝내려면 부대는 곧 나와 한 몸이다. 라는 자세로 하면 된다. 그러면 성실하고 책임감이 강한 친구라고 소문도 날 것이다. 그래서 강한 친구 대한 육군인가?

이 생활이 1년 2년 3년 4년 지나고 나면 이 삶이 습관이 되어 퇴근 후, 정식휴가, 그리고 휴일에도 한 없이 그대들은 핸드폰 벨소리나, 카톡 소리만 들어도 아 부대 들어가야 하나? 할 것이다. 아니 이미 부대에 있을 것이다.

이러한 걸 참고 버틴 결과로 진급한 후에는 진급이 곧 성공의 결과기 때문에 이러한 문화가 변하지 않고 계속 유지가 되는거라고 생각한다.

실예로 누가 더 고생했는지 고생자랑 릴레이가
시작된다.

1. 나는 이사를 25번 갔어.

2. 나는 한달에 당직을 8번씩 스면서 근무퇴근을

   해본적이 없어.

3. 나는 와이프가 출산하는데 훈련을 했어.

4. 나는 당직설 때 당직 근무비 라는게 없었어.

   컵라면 보급 나오면 그거 먹고 근무 섰어.

5. 나는 야근 이란 건 새벽 03시까지 일주일에

   3~4번 정도 해야 야근이라 생각해

6. 나는 1년 동안 휴가를 한번도 가지 않았어.

어떠한가 위의 멘트들 많이 들어 본 내용 들이지
않나?

안 그래도 안 좋은 시스템인데 그 속에서 그 누구도 그렇게 하라고 하지 않았는데 성과를 낼 수 없는 조직에서 뭔가를 만들고 보여주고 경쟁 상대와 비교될 만한 지표가 명확하게 없으니

얼마나 부대에 헌신, 즉 얼마나 부대에 관심을 가지고 있는가로 평가되며, 지휘추천, 진급 추천을 받아야 하고 또한 수십 년 전부터 더욱 거칠게 군생활 한 선배 군인분들에게 지금 세대의 모습은 그저 책임감 없는 MZ세대인 것이다.

나 역시 이 조직 내에서 위에서 언급한 과정을 통해 스스로 계속 합리화를 하며 군 생활을 했다.

군에서 만들어 놓은 시스템에 맞춰 연장, 장기, 진급, 그리고 남들이 날 어떻게 생각할까? 책임감 있는 군인, 성실한 군인으로 생각할 수 있도록 출근 시간은 08:30이지만 06:00 출근을 하고 퇴근은 17:30이지만 뭐 딱히 언급은 하지 않겠다.

나뿐만 아니라 정말 많은 군인들이 책임감 있게
열심히 한다. 뭐 몇몇 어떤 간부는 안 그렇던데요?
라고 하는데 그건 어느 조직에 가도 누구는 잘하고
누구는 보통이고 누구는 못하기 때문에 따로 크게
반박하지 않겠다. 혹여나 납득이 안된다면 드라마에서
나온 "성윤모"라는 인원도 곧 200만원을 받는다.
확 이해되지 않는가?

"공허함", "독이든 성배", "두려움, 이번 파트에 핵심
키워드다. 그 이류를 설명하기 앞 서 조금의 공감대를
형성하기 위해 작성했다.

나도 마찬가지로 인정받기 위해, 장기가 되기 위해,
평정을 받기 위해, 좋은 사람, 책임감 있는 사람으로
남고 싶기에 열심히 했다. 군에서 인정받기 위해
달성해야 할 것들은 다 달성했던 거 같다.
예로 성과로 보여지는 주특기경연대회 우승, 선봉
포대 등. 열심히 했다. 뭐 내가 어디서 근무를 했으며
어떤 고생을 하고 한 달에 당직은 몇 번 서고 이런

고생자랑은 하지 않겠다. 충분히 고생자랑 할 만큼
고생했다고 자부한다. 허 나 앞서 말했듯이 **누가 더
힘들었냐? 라는 자랑은 아무 의미 없는 제일
쓰잘대기 없는 시간 낭비이다. (노예 자랑도 아니고)**

이러한 것들을 달성하고 좋은 사람, 성실한 사람으로
기억되고 새로운 부대를 발령받아 몇 년씩 생활했던
부대를 떠나 위병소를 통과할 때쯤 나에게 찾아온
것은 **"공허함"** 뿐이었다.

사실 이때쯤이 아니라 매일이 "공허함" 이였다.
그 이유가 뭘까 군생활 하는 내내 찾았으려고
노력했지만 못 찾다가 전역할 때쯤 나름대로의
이유를 찾았다.

이 부분은 저자가 느낀 부분이니 다른 인원들과 같은
시각으로 보면 안된다.
한가지 이유는 **이해가 되지 않았다.** 무슨 말이라면

군에서 부여되는 임무들이나 조차도 이해가 되지
않았다.

간단히 표현해서 이걸 왜? 해야하지 라는 것들인데
이 부분도 군을 경험한 독자들이라면 하나하나 언급
안해도 고개를 끄덕거리며 이해할 거라 생각 하기
때문에 세부적으로 쓰지는 않겠다.

혹시나 도대체 뭘 하길래라는 의문을 가질 수 있기에
딱 3개만 간단히 말하면 베지터리언을 종합, 만두
선호도 조사를 했다. 베지터리언 이라 하면 채식
식단을 줄 것인가? 위험성 평가체계를 작성하는
근본적인 이유는 무엇인가? 책임인가? 안전인가?

비비고 만두, 고향 만두가 무엇이 중요했을까?
개인별 2개씩 먹어! 할게 아니라 젊은 친구들이 많이
먹을 수 있게 지원을 해 주는게 더 중요하다고
생각한다.
아라스 위험성 평가를 작성하는 이유는 무엇일까?

컴퓨터에 위험성 평가를 작성하면 사고가 안 나는 것인가? 그걸 안 쓰고 사고가 나면 보직해임을 당하는 것이 지휘관의 책임인가? 군인이 시키는 대로 하면 되지! 나 때는 말이야 이런 불만도 말 못 했어! 라고 할 것인가? 그러면서 소통 공감과 간담회, 고충 접수는 왜 매주하고 있는 것인가?

임무를 완수하는 것이 군인이라고 배웠고 나 또한 그렇게 생각하지만 나에게 부여되는 임무, 업무는 하나도 이해가 되지 않았지만 지휘관으로서 나의 구성원들에게 이해를 시키며 군기를 떨어트리지 않아야 하며, 성과를 달성해야 했고 마음의 편지에 이제야 말하지만 말같지도 않는 내용이 나와도 리더십이 부족하다. 라는 평가를 받았어야 했다.

참모로는 그냥 매년 같은 양식 또는 조금만 바꿔서 새로운 결과물을 만들었어야 했다. 어찌 보면 내가 처음 꿈꿔왔던 그 군인의 모습이 아닌 현실 속에서 내 스스로가 이해가 되지 않는 것들을 이뤄내려고 노력을 했었기에 공허 했던거 같다.

가끔은 당장이라고 그만두고 싶었다. 하지만 앞서
군인은 출신별 해당 복무년수를 무조건 채워야 하고
장기가 되면 선발된 이후로 5년이 되었을 때 한번
전역을 지원할 수 있기에 나갈 수도 없었다.

아니 관두고 싶으면 그냥 관두면 되지 그런 직업이
어딨어? 라고 하겠지만 그게 군대이다.

이렇게 시스템적으로 보면 이 시기를 놓치면 30대 초
중반이 되는데 약 10년이라는 시간 동안 이러한
시스템에서 살았는데 과연 사람이 어떻게 쉽게
바뀌겠는가?

또 한 우리나라 인식으로 30대면 열심히 돈을 벌어야
할 때지 새로운 걸 준비할 시기가 아니고 돈을 많이
벌지는 못하지만 그래도 먹고 살 만큼은 주니 계속
할 수밖에 없는 것이다.
결혼을 하고 아이는 크고 소비는 더 커지는데

현실적으로 어떻게 그만둘 수 있는가? 진급 한 번만 더 하고 10년만 더하면 연금이라는 것을 받을 수 있다는데 한 번만 더 참고 소령은 달자라는 생각을 할 것이다.

독이든 성배란 뜻은 현실적으로 이 시기가 지나면 소령 진급을 해야 하고 중령 진급을 해야 하기에 그렇게 표현했다. 왜냐면 소령에서 중령 진급을 못하면 연금 대상자는 되겠지만 45세라는 나이에 사회로 나가야 하기 때문이다.

연금 받으면서 다른 일 하면 되지 라고 하겠지만 소득의 일정 금액이 초과 되면 연금도 % 삭감해서 지급한다. 전역을 하고 내가 열심히 돈을 버는데 많이 벌면 연금도 깎이는 것이다. 누가 좋은 걸까?

경제적인 측면도 언급하자면 45세에 전역해서 월 180이라는 연금을 받고 새로운 직장을 다니는 것보다 45세에 월 400 이상씩 받고 60세까지 일 할 수 있는

부분이 더 안정적이고 60세 이후에 월 100만원 연금
받는게 더 안정적이고 총 받는 금액도 훨씬 크고
스트레스도 덜할 것이다.

이러한 현실 속에서 우리는 사회 진출에 대해서
두려워하고 있다.
저자도 마찬가지였지만 이 두려움을 깨는데 있어서는
마지막 파트에서 언급하겠다.

'전역'이라는 것에 대해 왜 우리는 그렇게 두려워
하는 것일까? 저자의 생각은 그렇다.
상명하복의 집단에서의 생활은 사람을 수동적으로
만들수 밖에 없다. 엄청 무서운 거다 내 생각대로
사는게 아니라 시키는 것만 해도 살아지기 때문이다.

즉 내 스스로 할 수 있는 것에 대한 능력을 통제하고
제한시키는 것이다. 그리고 내 자신을 위해 사는 삶이
아닌 어찌 보면 남을 위한 살고 있다.
어떤 무언가를 준비하고 진행했을 때 즉 지휘관이나

나보다 고참인 선배가 생각이 다르면 그냥
무용지물인 것을 만들고 우리는 이러한 것에 시간을
쓰고 있으며 쓰레기를 만드느라 야근을 하고 있다.

군대 좋아, 연금 주잖아. 밖에서 뭐해?
사회가 더 지옥이야 이런 직장 또 없어! 라는 말들을
많이 들었을 것이다.

**이런 직장이 또 없긴 하다 어느 직장이 밤새 당직을
서는데 만원을 받고 서면서 내 돈을 주고 사 먹고 또
다음 날 퇴근 안 하고 일하면서 또 혼나고 있다.**

참 슬프지 않은가? 할게 없어서 군인을 한다는게
이게 정말 슬픈 말이다.
내가 뭘 좋아하고 어떤 일을 하고 싶은지를 잊게
만들고 찾을 수도 없게 만든 시스템에 몇 년씩 있다
보니 그렇게 세뇌와 습관이 되버린 것이다.
안되면 되게하라! 라는 정신으로 말도 안되는
업무량을 소화하고 시간을 투자하고 살고있지만

정작 나가면 할게없는 사람이 되어있는 것이다.

중요한건 언젠간 모두가 전역한다는 것이다.

이렇게 우리는 우리 군대라는 울타리 안에서 더 큰
세상을 뒤로한 채 또 하루를 보내고 있다.

책을 쓰면서 문득 든 생각인데 정말 바쁘게 하기
싫은 일, 이거 왜 해? 하는 것을 하며 우리는 제일
불필요한 것에 많은 시간을 쓰며 시간이 지나면
아무것도 남지 않는 현실 속에서 살아간다. 나 역시도
마찬가지였다. 우리가 소중하게 여겨야 할 것들이
있는데 마지막 파트에서 언급할 부분 중 하나인
바로**"시간"**이다.
이런 불필요한 시간에, 즉 1년에 기사 자격증
하나씩만 취득했어도 자격증은 10개나 있어 이력서에
가득 작성하고 취직 걱정을 했겠나? 하는 생각이
든다.

4화 "그리고 변화의 시작"

생각보다 빠르게 마지막 파트 까지 왔다.
이러한 현실 속에서 저자가 어떻게 이러한 것들을
깨닫고 변화가 시작되었는지 이야기 해보려 한다.

처음 대학은 체대 입시를, 편입은 3사관학교를 다니고
졸업은 한 나는 체력 부분에 있어서 그렇게 걱정을
하지는 않았다. 아니 체력만은 그 누구보다 자신
있었다.
나뿐만 아니라 대부분의 군인들이 동일할 것이다.
지금 생각을 해보면 모든 것은 변명이겠지만 74kg로

임관한 나는 군 생활 10년 차가 되었을 때 90kg까지
몸이 뿔어 있었다.

병과는 포병 허구헌날 대기를 했고, 출·퇴근은
불규칙적이고 여기에 코로나 라는 변명하기 좋은
이유까지 있었다.

체력검정을 준비하기 위해 강원도 인제 원통 거기서
조금 더 안쪽으로 들어가면 천도리라는 동네가 있다.
내가 군생활 했던 곳 중 하나였다.

그곳에는 서화 체육공원이라는 곳이 있는데 그곳에서
나의 체력상태를 측정해 보았다.

3km 달리기의 체력 특급의 기준은 나이가 있으니
"13분" 이였다.
허 나 나의 기록은 참담했다. 24분이 나왔던 것 이다.

얼마나 관리를 안했으면! 체대입시 까지 하고 생도때

는 윗몸 왕(2분에 130개) 까지 했던 내가 계속 살이 찔 수밖에 없는 각종 이유들로 합리화를 하고 과거 사진 속에서 살면서 아 그땐 이랬는데 하며 지금을 망각하고 살고 있던 것이다.

샤워하기 전 거울 속에 비친 내 모습은 말 그대로 그저 배 나온 아저씨였다.

10년 전 사진첩 속에 있는 나의 모습과 그때의 체력수준을 생각하면서 요새 말로 현타를 오지게 받았다.

이날은 잠에들지 못했다. 결론적으로는 자기관리도 못하는 군인일 뿐이고 변명으로 합리화하는 나였다.

그런데 군인뿐만 아니라 사회생활을 하는 대부분의 성인들이 이러한 현실 속에 있을거 라고 생각한다. 당시 유튜브를 보다가 우연치 않게 지금은 **"스터디언"** 이라는 채널인데 당시는 "체인지그라운드"영상

알고리즘이 뜨면서 각종 동기부여 영상이 있길래
한번 켜서 보았다.

공허한가요? 삶을 바꾸고 싶나요? 무기력 한가요?
환경을 탓하고 있나요? 목표가 있나요? 꿈이 뭔가요?
그래서 오늘 안되는 이유를 만들어서 합리화를 해서
하루가 편안했나요?

변화는 환경을 바꾸고 그냥 시작 하는거에요.
안되는 이유를 찾지 말고 혹여나 안되도 괜찮으니까
아침에 일어나 밖에 걷는 것부터 시작해보세요.

위의 말이 내 변화의 시작이였다.

부대에 대한, 직책에 대한, 계급에 대한, 임무와
업무에 대한, 사람들이 날 어떻게 생각할까 라는
이미지에 대한 것들로 가득 차 있었다.
당직을 서고 다음 날 퇴근을 안 하고, 새벽 5시
6시에 출근을 하고 어찌 보면 나를 위한 책임감이

아니라 남을 위한 책임감으로 살고있는 생각이들었다.

그렇다고 해서 내 할 일을 소홀하지 않았다.
시간에 있어 내 행동을 바꿨을 뿐이다.

새벽 6시에 출근하던 것을 서화 체육공원에 가서
05:30 ~ 07:00까지 걷고 달리고 출근을 08:00까지
했다. 이상하게 생각할지 모르겠지만 정식출근시간은
08:30 까지다.

점심식사 시간에는 식당가서 먹지 않고 헬스장가서
3km 달리고 식단을 싸 와 먹었다.

퇴근도 마찬가지다. 나보다 상급자가 퇴근했나? 눈치
보며 할 일이 없어도 남아 있던 것을 내 업무를 다
끝내고 별 다른게 없으면 빠르게 퇴근해 헬스장 가서
운동을 하고 저녁도 마찬가지로 식단을 했다.
처음에는 5kg만 빼려 했는데 주변 지인들이 이참에
바디프로필도 찍어 보는게 어때? 라는 스쳐 지나가는

말에 그래 한번 **"해보자"** 하고 시작했던 거 같다.

시작했던 날은 4월 7일 위 생활패턴을 바꾼 날이다.
군인이라서 훈련도 하고 생활패턴도 불규칙하고
힘들지 않아? 어차피 바프 찍고나면 요요 와서 더
찔걸? 이라는 말도 많이 들었다.

잘 봐보자 이 말들은 어쩌면 내가 정한 목표에
있어서 부정적인 말들이다.

결과가 궁금하지 않나?
4월 7일 90kg 시작 / 12월 11일 66kg 끝
"24kg" 감량

7개월? 8개월만에 나는 24kg 감량하고 배 나온
아저씨의 모습이 아닌 그 누구보다 멋진 모습으로
바디프로필을 찍었다.
요요가 왔냐고?

73kg를 1년 넘게 유지하고 오히려 몸은 더 좋아졌다.

이때 확실하게 느꼈다.
모든 건 마음과 의지 먹기에 달렸다는 것을.
그리고 가장 중요한 것은 무언가 하려고 할 때
안되는 핑계 말고 되려는 방법을 찾는다는 것을.

독하다는 말과 대단하다 라는 말을 참 많이 들었다.
근데 지금의 변화한 내가 봤을 땐 월요일이 안 왔으면
하는 삶.

아 내가 지금 이걸 왜 하고 있지 하면서 새벽에
출근해서 언제 올지 모르는 퇴근을 바라보며, 아
주말에 또 출근이네 하면서 시간을 보내는 것이 어찌
보면 더 대단해 보인다.

그 이유는 난 이제 그렇게 못할 거 같아서 그렇다.

한가지의 목표를 확실히 달성하고 나는 노트에 적기
시작했다.
내가 좋아하는 것들, 해보고 싶은 것들 모두다.

가족과 행복하게 살기, 좋은 친구들 만나기, 운동,
사진찍기, 영화 보기, 등산하기, 사업, 맛집 다니기,
요리하기, 유튜브, 책 출판하기 등 다 적었다.

그러고 지난 10년간 나는 어떤 좋은 추억이 있었는지
생각을 해보고 적어보았다.

슬프지만 좋은 추억이 없었고 아 이때는 맨날 대기
했는데 이때는 당직만 엄청 섰는데 이때는 참 뭣
같았는데 등등 이러한 기억밖에 없었다.

가장 젊은 날 많은 경험을 하고 도전하고 쓰러져도
보고 해야 할 나이에 군대라는 울타리 속에서 스스로
행복을 느끼지 못하면서 사회는 지옥이야 라는 말을
들으며 이 속에서 스스로 그래도 난 장교야 성공한
인생이야 합리화하면 살았던 것이다.

적어도 나는 그렇게 느꼈다. 정작 내가 좋아하는 걸 하나도 못했는데 말이다.

사람마다 성공의 기준과 가치관이 다르니 이것은 읽는 스스로가 잘 생각했으면 좋겠다.

혹여나 나와 같은 기분을 느끼고 있고 공감을 느낀 독자들이 있다면 한번 잔잔한 노래를 틀고 책상에 앉아 노트를 펼쳐 한번 적어 봤으면 한다.
꼭 추천한다. 변화의 시작이다.

저자가 위에서 말했듯이 위에 내가 하고 싶은것들 좋아하는 것들이 이렇게 많은데 맘 편하게 해본적이 없었다.

전역할 때 이거 아니면 뭐 먹고살지? 돈은 더 벌 수 있을까? 라는 걱정이 조금은 있었지만
지금은 내가 하고 싶은 거, 좋아하는 거 다 하면서도 더욱 안정적으로 그 때 만큼 벌고 있다.

한 가지 확실한 건 난 금전적인 부분에 있어서
앞으로 더 벌 자신이 있다. 왜냐면 위에서 언급했듯이
나는 이제 안되는 변명을 찾지 않고 이루려는 방법을
찾기 때문이다. 확신할 수 있다.

나도 깨달은지 1~2년 지났지만 돈보다 중요한 건
"시간"이라고 생각한다. 많은 동기부여 영상에서
동일하게 나오는 내용일 것이다.

군인들이라면 공감할 내용이지만 저자가 한가지
묻겠다.

일일예정, 주간예정, 연간 등등 이러한 계획을 세우고
지켜지지 않는 일정을 가지고 회의를 하고 또
변경되는 것에 시간을 쓰고 야근하고 있지 않은가?

그리고 언제 퇴근할지는 모르지만 퇴근해서
자기 자신을 위해 무엇을 하고 있는가?
술을 마시며 내가 속한 조직 욕, 상사 욕 시간을 쓰고

있지 않은가? 당직근무비는 올해도 만원이네 하면서
또 출근하기 싫은 그곳으로 가고 있지 않은가?

나라를 지켰는가? 아니면 평정권자의 기분을 지켰는가?
사회도 다 똑같아 **"합리화"**하며 변화 자체를 두려워
하는가? 당직 서는 건 괜찮고 편의점 **"아르바이트"**
하는 건 두려운가?

본인의 하루, 일주일, 한 달, 분기, 반기, 연간까지 계획을 해본적 있는가? 그리고 그렇게 그 계획대로 살아본적 있는가?

시간이 가장 소중하다는 말, 그리고 부자들은 절대
모든 것에 있어 **"낭비"**를 하지 않는다고 한다.
그런데 나는 슬픈 말이지만 10년이라는 시간을
낭비했다고 느꼈다.

이 말을 깨달은 순간 내 삶은 360도 바뀌었다.
낭비라는 것은 모든 것에 포함된다.

1. 시간
- 불필요한 무의미한 시간
- 아무 생산적인 것 없이 보내는 시간
2. 돈
- 불필요하게 쓰는 모든 소비
3. 음식
- 과식은 비만을 가져오고, 과음은 건강과 시간까지

이기적으로 남에게 피해 주면서 살라는게 아니다.
절대!

본인들이 정한 행복한 삶을 살기 위해 어떻게 해야
하는지를 이야기하는 것이다.

이것은 개인별 기준 있고 "가치관"마다 다르기에
스스로 터득하면 된다.

절대 낭비하면 안되는 것 3가지를 한번 더! 기억해보자.

1. 시간 2. 돈 3. 음식

쓸쓸한 하지만 나는 코로나 시작기에 시간이 제일 아깝다고 느꼈다. 코로나 19 대책회의를 하루에 몇 시간, 몇 달, 몇 년을 했지만 지금 어떤 모습인가? 딱 여기까지만 말하겠다.

이러한 낭비되는 시간에 내가 좋아 하는거 하고 싶은거, 원하는 것을 이루는데 쓰면 어땠을까?

돈은 우리가 모두가 추구하는 것 중에 하나 일 것이다. 시급의 개념을 조금만 이해하고 내 소득을 어떻게 올릴 것인가 생각해 보면 좋을 것 같다. 월 10만원 이라도! 그리고 무조건 아끼라는 것이 아니다.

불필요한 소비 즉, 능력에 맞지 않은 과한 소비만 줄이고 아낄 수 있는 것에 아끼고 효율적으로 쓴다면 한다면 우리가 갈망하는 부자가 될 거라 생각이 든다.

옷은 많은데 어느 기간이 지나면 입을 옷이 없어
옷을 사는 경우가 대표적일 거 같다. 분명 살 때는
이뻐서 샀는데 말이다.

음식은 많이 먹으면 비만이 되고 술 또한 많이
마시면 건강도 잃기 때문에 뭐 주저리 설명 안 해도
알거라 생각한다. (나도 그랬으니까)

아! 그리고 정말 마지막으로 중요한게 2가지 있다.
이 부분을 말하고 마무리 하겠다.

얼마전에 새해였는데 다들 어떻게 안부인사 했는가?
혹시 새해에는 복 많이 받고 원하는 거 다 이루자~^^
이렇게 했는가? 나도 그렇게 했다. 하하하

근데 우리가 살다 보면 내가 고민을 남에게 답을
구하는 일들이 정말 많다. 고민 상담이라 한다.

먼저 확실한 건 내 고민을 나와 가치관이 다른 남이
답을 내리고 결정해준 것을 내가 한다 해서 내가
원하는 결과를 절대 이룰 수 없고 만족도 "못"한다.
내 자신을 믿는 법이 개인적으로 정답이라고 생각한다.

대표적으로 나 퇴사할까?
나 바프 찍을까?
나 사업 할까? 등등
그런데 돌아오는 답변은 무엇인가?

지금 퇴사하면 뭐 먹고 살래? 그냥 좀 참아
바프? 야 그거 찍으면 요요 와서 살 더쪄!
사업? 야 요새 사업 하면 망한데 그냥 월급 받는거에
만족하며 살아!
참 웃기다. 고민은 힘들다 인데 정답은 참아라! 이거다

많이 들어 보지 않았는가? 근데 확실한 건 이뤄 보지
못한 사람들이 이렇게 말한다. 그리고 분명 새해 인사
때 원하는거 다 이루라고 인사를 한 거 같은데 말이다.

적어도 내 주변 지인들은 2가지로 딱 나뉘었다.

전역하면 뭐 먹고 사냐고 군대가 안정적이라고 했던
사람들보다 2년, 6년, 10년 하고 전역하고 사회인이
된 선·후배, 동기 중에 뭐 먹고살지 걱정하는 분들이
없고 전역한 걸 후회한다는 사람을 본 적이 없다.
적어도 내 지인들을 100% 후회하지 않았다.

야 그래도 장교라는 소리 듣고 돈도 벌다가 수입이
끊겼는데, 백수라는 소리를 듣는데 스트레스 안 받냐
라고 물었을 때 동기가 답을 했다.

군 생활할 때는 비전과 미래가 보이지 않아서 답답,
막막했는데 백수인 지금 당장 수입이 없어
스트레스를 받지만 자신이 준비하는 것을 열정적으로
준비하고 있고 내일이 기대와 희망이 보인다고 했다.

그 친구도 딱 1년 만에 본인이 원하는 것을 이루었다.
사례가 딱 하나뿐일까? 정말 많다.

근데 군에 남아 있는 군인들은 아 진급 못 하면 뭐 먹고 살지?
전역하면 뭐 먹고 살지? 라고 걱정하고 있다.
결국 우리는 개인별로 차이는 있겠지만 어느 시점이 되면 사회로 다시 나가야 한다는 것이다.

바프도 마찬가지다. 요요 온다고 하지 말라는 사람들은 바프를 찍어본 적도 없고 그런 멋진 몸을 가져본 적이 없거나 결국 자기관리를 하지 못했기에 요요가 온 사람들일 것이다..

근데 바프를 찍거나 멋진 몸을 가진 사람들은 운동방법과 식단을 공유하며 오히려 보충제, 닭가슴살 같은 거 선물을 주며 응원 조언을 해준다.

사업하면 망한다? 망할 수도 있다.
이것도 마찬가지다 사업으로 성공한 사람들은 공무원 왜 하냐? 라고 한다. 근데 사업으로 망한 사람들은 공무원이 최고라 한다. 과연 어떤 차이가 있을까?

저자의 책을 집중해서 봤으면 그 이유와 차이를 이미
찾았을 것이다.

**나도 마찬가지로 사업을 하고 있고
안 망하고 잘 하고 있다.**
힌트를 주자면 신 인성검사 할 시간에 나는 메뚜기의
종류를 500가지 알고 있습니다, 화가 나면 가끔 다
때려 부시고 싶다. 이거 체크 할 시간에,
왜 코로나 감염이 걸렸지? 원인 분석하고 보고해!
연구자도 아닌데 동선 확인하고 원인 분석할 시간에

어떻게 하면 매출을 더 올릴까? 몸은 어떻게 하면 더
좋아지지? 내가 진짜 원하는 것은 뭐지? 하는데
시간을 쓰라는 것이다.
그리고
**안되길 바라는, 부정적인 말을 하는 사람 말고!
말했을 때 긍정적인 생각, 할 수 있다는 에너지들을
내뿜는 사람들을 곁에 둬라! 나쁜 짓만 아니면
그들은 뭐든 하나라도 도와줄 것이다.**

그리고 생각보다 성공의 법칙은 간단한 거 같다.
너무 쉽게 이야기 하는거 아니야? 라고 할 수 있는데
정말 간단하다.

지금도 이렇게 증명하고 있지 않은가?
**주변에 내가 원하는 것, 하고자 하는 것을 말하고
그냥 하면 된다.**
하지만 우리는 주변에서 이러한 말을 듣게 될 것이다.
내 진짜 속마음은 남에게 말해서는 안돼!
혹여나 그렇게 안되면 어떻게 할 거야?
보험은 들어놔야지! 뭐 맞는 말이기도 하다. 생각에
차이가 있으니까.

**여기서 한 가지 확실한 건 이러한 자세는 내
마음조차도 확실하게 잡지 못했다는 것이다.**

다시 한번 말하자면 범죄, 남에게 피해를 주는 나쁜
행동, 이기적인 행동이 아닌 이상 다 해봤으면 한다.

그러면 이룰 수 밖에 없다. 왜냐면 가장
중요 하다고 언급한 "시간"을 거기에 쓰고 있기 때문이다.

내가 이렇게 뜬금없이 많은 사람들에게 책을 쓰고
출판하겠다는 이유도 여기에 있다. 책을 출판하는
것은 내 올해 버킷리스트 중 하나이며 또 하나를
이렇게 이루고 있다.
하지만 여기서 위에서 언급했던 것처럼

여기서도 반응은 2가지로 나뉜다.

· 누군가는 그거 써서 누가 읽어? 할 짓 없냐?
· 누군가는 우와 책도 써? 책 나오면 싸인해서 하나
　보내주라!

날 아는 지인이면서도 이렇게 엇갈린다.
이렇듯 누구를 옆에 두면서 살아가야 하는지 생각해
보고 각자 가치관에 맞춰 판단하면 될 거 같다.

내가 갑자기 이렇게 책을 쓰는 이유는
2가지의 목적이 있다.

첫째는 정말 군을 사랑하고 발전을 위해 내가 할 수
있는게 뭐가 있을까? 하는 생각에 시작이 되었고
정확한 데이터와 현실을 가지고 책을 읽는 사람들이
이러한 현실을 알고 군인들의 처우 개선, 조금이라도
존경과 배려해주는 시각으로 변화했으면 하는 마음.

둘째는 사람은 물질적인 것을 소유했을 때보다
자신이 원하는 것을 이뤘을 때, 성취했을 때 큰
만족감을 느낀다고 한다. 그래서 내 인생에 있어
하고싶은 것을 하나하나 이뤄 나가면서 느끼고 배운
것과 경험들을 공유하고 남기고 싶었다.

그리고 이렇게 나는 결과로 만들어 냈다.

우리 너무 복잡하고 일어나지 않은 일들에 너무
걱정하지 말고 살았으면 좋겠다.

은연중에 이야기 하지않는가?
인생 뭐 없다? 라고
뭐 없는데 뭘 그렇게 걱정을 하고 안 해 보고 사는가?

아직도 환경 탓을 할 것인가?
아직도 안되는 이유만 찾을 것인가?
환경 탓, 안되는 이유 말고 할 수 있다는 의지와
방법을 찾아보자! 할 수 있 다!

나뿐만 아니라 많은 사람들이 기본적으로 좋은
환경은 아닐 것이다. 하고 싶은 것을 걱정 없이 그냥
하는 조건의 환경을 갖춘 것을 말한다.
시간은 돌아오지 않고 추억과 사진은 영원하다 라는
말이 있는데 우리가 나이가 더 들고 인생을 돌아봤을
때 한 편의 영화처럼 많은 좋은 추억들이 회상되는
일들이 가득했으면 좋겠다.

우리 월요일이 안 왔으면 좋겠다.
내일이 주말, 쉬는 날, 이였으면 좋겠다.
으악 벌써 주말 끝이다. 이러한 삶 말고

내일이 기대되는 삶, 내일 나는 무엇을 할까?
뭘 이뤄 볼까? 하는 삶을 살아보자. 얼마 전 월드컵
경기중 대한민국 VS 포르투갈 16강 확정이 되는
골이 들어간 순간 어떤 기분이 들었는가? 우리는
하나 같이 기뻐했다. 나 역시 너무 기뻐 폴짝 폴짝
뛰며 소리도 질렀다.

그날 잠들기 전에 내 인생에 있어 내 일에 있어
저렇게 가슴 뛰고 행복한 순간이 있었을까? 하는
생각이 문득 들었다.
이걸 깨닫고 나서 나는 매일이 기대되고 내일 무엇을
할까? 무엇을 이뤄낼까 하는 열정에 살고 있다.
오히려 주말이 더 바쁘다.
이 책을 읽은 사람들이 원하는게 무엇이든 다
이루면서 살았으면 좋겠다.

올해 운 좋게? 만 나이로 통일되면서 1년을 더
벌었다라고 생각한다. 나만 그렇게 생각하는 건가?
여기서 약속한다.
36살 전역 후 내가 이룬 것들이라고 해서 2편을
출판해 보겠다.

우리나라의 부의 기준은 모든게 돈과 연관이 되있다.
집값, 외제차, 고액 연봉을 받는 직업, 명품 등
그것이 성공이라고 느껴지면 성공일 것이다.

그런데
성공의 기준을 조금만 다른 시각으로 바라봤으면
좋겠다. 내가 생각하는 "성공의 기준"의 질문으로
마무리할게요.

오늘 하루는 하고싶은 걸 하며

행복한, 만족스러운 하루를 보냈나?

내일이 기대되는가?